IMPRIMERIE J. CLAYE
RUE SAINT-BENOIT 7
PARIS

BIBLIOTHÈQUE ILLUSTRÉE
DES FAMILLES

La Journée de
Mlle Lili
vignettes par L. Frölich
Texte par un Papa

COLLECTION HETZEL

LA JOURNÉE

DE

MADEMOISELLE LILI

VIGNETTES PAR FRÖLICH

TEXTE PAR UN PAPA

PARIS

COLLECTION HETZEL, 18, RUE JACOB

Voici quelque chose qui n'est ni un livre, ni un album, ni un conte, ni une histoire; je ne sais pas ce que c'est, mais cela m'a paru charmant, et j'imagine que ce qui m'a tant plu pourra bien plaire un peu à d'autres.

L'artiste qui a esquissé ces jolis dessins ne pensait pas à les faire graver. Bon père autant que grand peintre, il a une jolie, une aimable petite fille qu'il adore, Mademoiselle Lili. Il avait, sur le coin d'un album, fait et refait le portrait de Mademoiselle Lili au naturel, dans toutes ses poses, dans tous ses gestes. Ces croquis m'ont paru une de ces choses d'art extrêmement rares qu'on ne fait pas exprès, qu'une sorte de hasard heureux fait éclore et réussir. Je m'en suis emparé; je n'ai rien voulu y ajouter que quelques paroles, une sorte de traduction mot à mot des belles petites images que j'avais sous les yeux, et les voici.

J'imagine que les pères et les mères et les enfants se retrouveront dans ces scènes à un et à deux personnages, et que ces petits cahiers naïfs, comme il y en a tant en Allemagne, auront leur public en France parmi les gens de cœur, et même parmi les gens d'esprit.

Tout l'honneur du succès reviendra à l'amour paternel, qui a si bien inspiré M. Frölich, et à son gentil modèle Mademoiselle Lili.

P.-J. St.

Mademoiselle Lili vient de se réveiller. Sa grande sœur Marie lui fait faire sa petite prière. Sa maman l'aide un peu. Le bon Dieu va être bien content de Mademoiselle Lili.

Quand Mademoiselle Lili est tout debout, elle est

grande comme ça!... très-grande!!

Mademoiselle Lili, qui est grande, est très-grosse aussi. Elle n'a qu'un jupon empesé... Si elle avait sa crinoline, elle serait bien plus grosse encore.

Mademoiselle Lili voudrait bien déjeuner, mais la soupe de Mademoiselle Lili est toujours trop chaude. Mademoiselle Lili la regarde en attendant qu'elle la mange. Mademoiselle Lili n'aime pas du tout attendre, mais son bras n'est pas assez long.

La soupe de Mademoiselle Lili n'est plus trop chaude. La soupe de Mademoiselle Lili est très-bonne. Ce matin elle est assez sucrée. Mademoiselle Lili est très-satisfaite.

Mademoiselle Lili, après déjeuner, travaille toujours
dans les livres de son papa. Mademoiselle Lili sait lire
dans les livres où il n'y a que des images. Pourquoi
les marchands de livres mettent-ils autre chose que des
images dans les livres?

Mademoiselle Lili fait une commission très-difficile à son papa de la part de sa maman. Son papa n'a pas bien compris et demande des explications. Les papas devraient toujours comprendre.

Son papa est content d'avoir enfin compris, et,
pour sa récompense, Mademoiselle Lili fait une grande
course à cheval sur la pantoufle de son papa, tout
debout, comme au Cirque.

Le papa de Mademoiselle Lili est dans une autre chambre. Mademoiselle Lili profite de cette circonstance pour retoucher les tableaux de son papa avec son doigt. Son papa va être bien content, car Mademoiselle Lili est un grand peintre.

Mademoiselle Lili a mis son chapeau à plumes
pour aller faire un tour dans le jardin. Mademoiselle
Lili fait un très-gros bouquet. C'est pour son parrain,
qui aime beaucoup les gros bouquets.

Le parrain de Mademoiselle Lili vient d'arriver.
Mademoiselle Lili fait de grandes fouilles dans les poches
de son parrain. Il y a des bonbons dans ces poches-
là. Mademoiselle Lili est contente de son parrain et de
ce qu'elle a trouvé ses poches.

Mademoiselle Lili a une bonne idée et la communique à sa maman. Mademoiselle Lili veut bien chanter tout de suite : « *Au clair de la lune* » avec sa maman, si sa maman lui donne un sou, comme au pauvre qui chante toujours sous la fenêtre.

L'affaire est arrangée. Mademoiselle Lili passe au salon avec sa maman… Elle a déjà chanté. Elle chante encore. Elle s'accompagne elle-même, et fait du bruit aussi bien que sa maman.

La bonne de Mademoiselle Lili est sortie pour faire son marché. Elle a oublié ses clefs. Mademoiselle Lili voudrait bien savoir ouvrir les portes de l'armoire aux confitures pour faire son marché aussi.

La bonne de Mademoiselle Lili n'est pas rentrée.
Mademoiselle Lili a entrepris d'achever le ménage. Elle
balaye la chambre avec le plumeau. Mademoiselle Lili
est une petite personne très-entendue.

Mademoiselle Lili est encore toute seule. Elle essaye
le mantelet de sa maman. Elle trouve qu'il lui va très-
bien. Le fait est que Mademoiselle Lili est superbe avec
ce mantelet.

Mademoiselle Lili va s'habiller pour de bon.

Mademoiselle Lili regarde ses belles bottines neuves.

Elle est très-fière, et il y a de quoi.

Mademoiselle Lili va sortir. Elle va aller dîner chez
son parrain. Elle a sa plus belle robe, son joli chapeau
catalan, son petit paletot à fourrures. C'est la fête de
son parrain. Elle lui dira bonjour « *comme ça* » avant
de lui réciter sa petite fable et son compliment.

Mademoiselle Lili a bien dîné. Elle est rentrée, elle est déjà un peu déshabillée. Ses poupées sont déjà couchées, il ne lui reste plus à endormir que Monsieur Polichinelle. Mais il est un peu canaille, Monsieur Polichinelle, il dit qu'il veut dormir les yeux ouverts.

Mademoiselle Lili ne peut pas souffrir ça.

Mademoiselle Lili a fini sa journée. Mademoiselle Lili est dans son dodo. Elle est sage, elle dort ! Sa maman reste un peu pour savoir si c'est pour de bon. Elle ne fait pas de bruit, de peur de réveiller Mademoiselle Lili. Mademoiselle Lili est tout à fait endormie.

Bonsoir, Mademoiselle Lili.

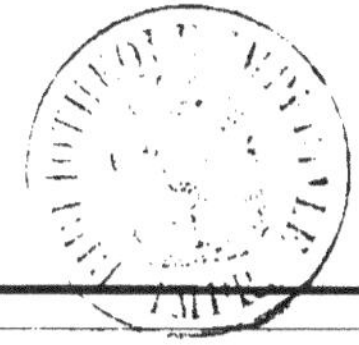

FIN

www.ingramcontent.com/pod-product-compliance
Lightning Source LLC
LaVergne TN
LVHW021046050726
842519LV00003B/1023